LEKTÜRE HILFE

Die Frau im Spiegel

Éric-Emmanuel Schmitt

DER QUERLESER

LEKTÜRE
HILFE

Die Frau im Spiegel

Éric-Emmanuel Schmitt

Verfasst von Dominique Coutant-Defer
Übersetzt von Gerda Fischer

DER QUERLESER

DER QUERLESER

Auf derQuerleser.de findest Du:

Zahlreiche verständliche und detaillierte Lektürehilfen in Nullkommanichts in digitaler Version oder als Taschenbuch.

ERIC EMANUEL SCHMITT

FRANZÖSISCH-BELGISCHER SCHRIFTSTELLER

- **Geboren 1960 in Sainte-Foy-lès-Lyon (Auvergne-Rhône-Alpes)**
- **Einige seiner Werke:**
  - *Die Sekte der Egoisten* (1994), Roman
  - *La Part de l'autre (Die Rolle des Anderen)* (2001), Roman
  - *Oscar und die Pink Lady* (2002), Roman

Éric-Emmanuel Schmitt, Agrégé de philosophie, ist einer der weltweit meistgelesenen französischen Autoren. Er lebte in Brüssel und begann seine schriftstellerische Laufbahn am Theater mit *La Nuit de Valognes* (1991). Eine Variation des Don-Juan-Mythos und *Le Visiteur* (1993), ein Theaterstück, in dem Freud (österreichischer Arzt, Begründer der Psychoanalyse, 1856-1939) von einem rätselhaften Mann besucht wird, der behauptet, selbst Gott zu sein.

Obwohl Schmitt weiterhin für das Theater schreibt, schreibt er auch Romane (*La Part de l'autre*), Kurzgeschichten (*Odette Toulemonde et autres histoires*, 2006) und sogar eine Autofiktion (*Ma vie avec Mozart*, 2005). Kürzlich trat er hinter die Kamera und filmte zwei seiner Werke, darunter *Oscar et la Dame Rose* (2009).

DIE FRAU IM SPIEGEL

DIE GESCHICHTE VON DREI AUSSERGEWÖHNLICHEN FRAUEN

- **Genre:** Roman

- **Referenzausgabe:** *La Femme au miroir* (Die Frau im Spiegel), Paris, Albin Michel, 2011, 455 S.

- **1. Auflage:** 2011

- **Thematisch:** Unterschied, Weiblichkeit, Spiegel, Schicksal, Ehe

Die Frau Im Spiegel handelt von drei Frauen, die zu unterschiedlichen Zeiten und an anderen Orten leben: Anne lebt in Brügge (Belgien) zur Zeit der Renaissance, Hanna in Wien (Österreich) zu Beginn des 20. Jahrhunderts und Anny heute in Kalifornien, USA). Diese drei Frauen bewegen sich im historischen und kulturellen Kontext ihrer Zeit, tragen aber ein einheitliches Gewicht: das Gewicht der Konventionen, denen sie sich, jede auf ihre Art, zu entziehen versuchen.

ZUSAMMENFASSUNG

ANNE

Während der Renaissance ist Anne eine junge, rebellische Waise, die mit dem Rest ihrer Familie - allesamt Frauen - in Brügge lebt. Anne soll Philipp heiraten, aber das will sie nicht. Daher fühlt sie sich anders als ihre Freunde, die sich zur Ehe hingezogen fühlen.

Ihre Cousine Ida zerbrach den Spiegel aus Eifersucht, und Anne nutzte die Ablenkung des Vorfalls, um vor ihrer Hochzeit in den Wald zu fliehen. Sie verbrachte mehrere Tage allein, weit weg von allem und vollkommen glücklich. Sie hatte schon immer eine besondere Beziehung zur Natur und erlebte ihre ersten Ekstasen im Kontakt mit ihr. Als sie aus ihrer Ehe flieht, empfindet sie daher große Erleichterung.

Ida und Philipp finden sie schließlich und fesseln sie aus Wut. Dann erscheint ein riesiger Fremder, der Mönch Braindor, und bringt die beiden in die Flucht. Er sieht bedrohlich aus, ist aber sehr freundlich: Er hatte Anne während ihres Aufenthalts im Wald mit Brot versorgt. Nachdem er die Fesseln der jungen Frau gekappt hat, nimmt er sie mit nach Brügge und erzählt ihrer verblüfften Familie, dass es Annes Berufung sein könnte, Nonne zu werden. Er spürte sehr schnell das mystische Potential der jungen Frau.

Später wird entschieden, dass Anne Philipp nicht heiraten wird – um eine weitere Flucht zu verhindern – aber ihre Familie ärgert sich darüber, dass sie religiös ist. Auf Braindors Vorschlag hin liest sie die Bibel, was sie fasziniert, aber die Gewalt erschreckt sie so sehr, dass sie Alpträume bekommt. Sie kommt zu dem Schluss, dass sie für das Ordensleben nicht geschaffen ist. Sie nimmt an einem Kampf teil und entwickelt eine seltsame Beziehung zu dem Tier, bringt ihm bei, wie man Fallen erkennt, und versorgt es mit Futter.

Als sie nach Brügge zurückkehrt, glauben alle an ein Wunder, weil der Wolf sie verschont hat. Der Wolf greift die Bewohner nicht mehr an. Anne wird heute als Heilige und Attraktion der Stadt verehrt: „Wenn Gott diese Kreatur gerettet hat, dann deshalb, weil sie rein, jungfräulich und ohne Sünde war." (S. 184)

Brandon versucht erneut, sie von ihrer religiösen Berufung zu überzeugen. Glücklich, ihrer Familie zu entkommen, tritt Anne dem Beginenhof – einer religiösen Gemeinschaft – in Brügge bei, weigert sich aber, sich der traditionellen Religion anzuschließen und die Bibel zu lesen, da sie es immer noch beängstigend findet. Sie hatte jedoch mystische Erfahrungen, wenn sie meditierte, und es entstanden mystische Gedichte, die sie in ihrem Manuskript „Der Spiegel des Unsichtbaren" zusammenfasste.

Später entdeckt Braindor ein Gedicht von Anne, das ihn verwirrt. Es wurde unter einer Linde geschrieben, zu der das Mädchen spricht. Darin spricht sie von einem in der

Natur existierenden höheren Wesen, das sie „ihren Geliebten" nennt (S. 67). Der Mönch behauptet, dass dies Gott ist. Anne wird zur „mystischen Dichterin" (S. 295).

Ihre Tante fängt dann an, auf sie zu achten, was Ida eifersüchtig macht. Auch Ida ist unglücklich, weil sie keinen Ehemann findet. In ihrer Verzweiflung zündet sie das Haus ihrer Familie an und gerät in Flammen. Sie überlebt das Feuer, ist aber durch ihre Verbrennungen entstellt.

Vom Archidiakon empfangen, behauptet Anne weiterhin, dass Gott nur ein Wort ist. Sie kümmert sich liebevoll um Ida, die einen Selbstmordversuch unternimmt, nachdem sie sich selbst im Spiegel gesehen hat. Ida, ebenfalls eifersüchtig auf Annes Fürsorge für den Vorgesetzten des Beginenhofs, vergiftet die sterbende Anne und den Arzt und beschuldigt ihre Cousine des Mordes. Die Dinge spitzen sich zu. Der Gottlosigkeit und satanischen Ritualen mit wilden Tieren beschuldigt, wird Anne zur Hexe erklärt und dazu verurteilt, bei lebendigem Leib verbrannt zu werden. Sie stirbt ruhig auf dem Spiel vor den Augen der Brügger, die sich über das ungerechte Urteil ärgern.

HANNA

1904 in Wien: Hanna, die sich nicht zur Ehe hingezogen fühlt, gesteht in einem Brief an ihre zehn Jahre ältere Jugendfreundin Gretchen, dass sie Franz von Waldberg aus purer Müdigkeit geheiratet hat. Sie fand ihn

attraktiv, blieb aber kalt in seinen Armen und über-
prüfte ängstlich ihren Spiegel auf Anzeichen einer mög-
lichen Schwangerschaft, aus Angst vor der Enttäuschung
ihrer Familie, wenn es nicht klappen würde. Sie gesteht
auch, dass sie sich in ihrem luxuriösen Haus langweilt.
Die junge Frau interessiert sich für keines der Themen,
die direkt mit ihrem Geschlecht zu tun haben: Weder
Ehe, Kinder noch Haushalt wecken ihr Interesse, was
ebenfalls zu ihrer ständigen Langeweile beiträgt.

Nach einem Jahr Ehe tötet Hanna ihre Langeweile,
indem sie Glaswaren sammelt. Sie wird schwanger und
fühlt sich endlich wie andere Frauen nach all dem
Druck, den sie von ihren Kollegen und Schwiegereltern
erfahren hat. In der Hoffnung, dass die Mutterschaft sie
erfüllen wird, fällt sie in einen „vegetativen Zustand"
(S. 132) und glaubt, endlich ihr Glück gefunden zu
haben.

In dem Glauben, dass sie ihre Geburt auf magische
Weise herbeiführt, die sich verzögert, zerbricht Hanna
eines ihrer Glasgefäße. Aber der Arzt sagt ihr, dass sie
eine Scheinschwangerschaft hatte: Ihr Magen war nur
mit Wasser gefüllt. Um die Ursachen ihrer Scheinschwangerschaft zu klären, geht Hanna auf Anraten
ihrer Tante Vivi zu einem Psychoanalytiker, Dr. Calgari.
Sie lässt ihn mit dem Gefühl zurück, es mit einem
Betrüger zu tun zu haben.

Sie beschloss jedoch, erneut zum Arzt zu gehen, um die
Ursachen ihrer Besessenheit von Schwefel und ihrer
Ekstase zu erforschen, als sie ein Werk von Gustav

Mahler (österreichischer Komponist und Dirigent, 1860-1911) hörte, das sie über die Bedeutung der Psychoanalyse aufklärte. Die psychoanalytischen Sitzungen enthüllten Hannas Entwicklungsverweigerung, ihren Sinn für Reinheit und ihre Angst, Mutter zu werden. In einer Hypnosesitzung gesteht sie, dass sie bei der Geburt verlassen wurde.

Nach und nach fühlt sie sich wie Dr. Drawn to Calgary, der sie ablehnt. Dann entdeckt sie körperliches Vergnügen an einem Studenten, der ihr den Hof macht. Dann verließ sie ihren Mann und überließ ihm ihr Vermögen.

1912 wurde Hanna Psychoanalytikerin in der Schweiz. Sie schrieb Gretchen, dass sie sich daran gemacht habe, ein Buch über flämische Mystik zu schreiben, nachdem sie das Manuskript von Anne: *The Mirror of the Invisible* in Brügge entdeckt hatte. Sie fühlt sich dieser Frau sehr verbunden, die lange vor ihr gelebt hat und Annes mystische Ekstasen mit übersinnlichen Erfahrungen gleichgesetzt hat. Sie hat den Eindruck, Anne habe Jahrhunderte später aufgeschrieben, was sie empfand.

Zwei Jahre später schreibt Gretchen Hannas Ex-Mann und warnt ihn, dass Hanna, obwohl sie von ihren leiblichen Eltern aufgezogen wurde, sie verstoßen hat, weil sie keine Aristokraten waren. Sie starben kurz darauf bei einem Unfall, und Hanna verbarg ihre Schuld unter dem Märchen der Verlassenheit, das ihr Leben vergiftete. Sie beschäftigt sich auch mit Hannas Tod in den ersten Tagen des Ersten Weltkriegs (1914-1918).

ANNY

Die 20-jährige Anny, eine exzentrische kokainsüchtige Hollywood-Schauspielerin, stellt überrascht fest, dass sie in David verliebt ist. Um ihn zu beeindrucken, führt sie eines Nachts in einem Nachtclub gefährliche akrobatische Tricks vor, während sie völlig betrunken ist, und wird am Ende von einer der Discokugeln zerquetscht, in denen sie sich gerne selbst zusieht.

Im Krankenhaus wird Anny morphiumsüchtig. Der Pfleger Ethan will sie entgiften, während ihre Agentin Johanna ihren Unfall zu Werbezwecken nutzt, ohne sich um den Zustand ihrer Mandantin im Geringsten zu kümmern. Als sie im Krankenhaus ist und mit Ethan spricht, merkt sie, dass sie unglücklich ist und es ihr an Liebe fehlt. Sie erkennt, dass sie dachte, sie liebte David, aber das tat sie nicht.

Nachdem sie wieder auf die Beine gekommen ist, kann Anny wieder mit dem Filmen beginnen. In einem Spiegel untersucht sie das dicke Make-up, das ihre Narben bedeckt. Sie lebt jetzt mit dem charmanten und manipulativen David zusammen, freut sich aber auch, Ethan zu sehen, der sich um sie kümmert. Er ist überzeugt, dass sie ihn auf ihre Eroberungsliste setzen will, bevor sie ihn loswird.

Aus Trotz hat Anny Sex mit dem Regisseur des Films und geht nicht zu einem Date, das Ethan ihr gegeben hat. Die junge Frau, die den Regisseur dominiert, seit sie seine Geliebte geworden ist, ist am Set launisch.

Eine ältere Schauspielerin mit dem Spitznamen „Sac Vuitton" (S. 214) warnt sie, dass sie sich selbst verlieren wird, wenn sie dieses extravagante Leben ohne wirkliche Freuden weiterführt.

Anny stimmt Johannas Argumenten zu, Alkohol und Drogen aufzugeben, setzt sich aber insgeheim das Ziel, innerhalb von drei Tagen in ein alkoholisches Koma zu fallen. Bei der Vorführung ihres Films wird sie schließlich von Ethan leblos aufgefunden, nachdem sie an einer Überdosis gestorben ist.

Johanna macht Annys Entzug zu einem millionenschweren Medienereignis, und im Krankenhaus wird die Schauspielerin ständig von Kameras hinter Einwegspiegeln verfolgt.

Ethan gesteht ihr später, dass er Drogen nimmt. Sie schalten die Kameras aus, die die junge Frau in ihrem Krankenzimmer beim Sex filmen. Der Klinikdirektor feuert Ethan, weil er zu viel Zeit mit Anny verbracht hat. Nachdem sie ihre Heilung gebrochen hat, nimmt Anny an der Beerdigung von Sac Vuitton teil und besucht Ethan im Gefängnis, wo er wegen Diebstahls von Medikamenten aus dem Krankenhaus festgehalten wird.

Einige Zeit später trifft der Leser wieder auf Anny, die sich ans Meer zurückgezogen und Ethan gefunden hat, der aus dem Gefängnis entlassen wurde, aber immer noch unter Drogen steht. Sie lehnt alle Drehbuchangebote ab, außer denen eines europäischen Regisseurs, der ihr in seinem Film die Rolle der Anne von Brügge zeigt.

Dieser Mann ist Gretchens Enkel, dem Hanna ihr Buch gewidmet hat. Anny und Ethan treffen ihn in Paris.

Die völlig verwandelte Anny dreht den Film über Annes Leben in Brügge. Im Beginenhof fühlt sie sich auf mysteriöse Weise von der alten Linde angezogen, zu der Hanna ein Jahrhundert zuvor instinktiv gegangen war.

UNTERSUCHUNG DER CHARAKTERE

ANNE

Anne, auch bekannt als die Jungfrau von Brügge, lebte während der Renaissance in der flämischen Stadt. Als Waise mit unbekanntem Vater verließ sie einen abgelegenen Bauernhof in Nordflandern, um mit ihrer Familie, die hauptsächlich aus Frauen bestand – Großmutter, Tanten und Cousinen – nach Brügge zu ziehen.

Der schöne blonde Teenager weigert sich, den jungen Philippe zu heiraten, und sucht immer Zuflucht in der Natur, mit der sie immer eine heilige und seltsame Beziehung hatte, die ihre ersten mystischen Ekstasen hervorrief. Anne sieht das Leben anders als die anderen und ist fehl am Platz in einer Gesellschaft, in der von ihr erwartet wird, dass sie sich an die etablierte Norm hält. Sie sollte einen Mann aus gutem Hause heiraten, ihm Kinder schenken und ein traditionelles Leben führen wie Millionen anderer katholischer Mädchen in der Renaissance.

Obwohl sie sich in eine Ordensgemeinschaft zurückzog und die Dogmen des Christentums ablehnte, schätzte sie das einfache Leben im Beginenhof, wo sie sich von gesellschaftlichen Zwängen (wie der Ehe) befreit fühlte, denen sie zu entkommen suchte. Sie hat eine originelle und für die damalige Zeit fortschrittliche Sicht auf Religion, da sie insbesondere das Handeln Gottes in der Bibel in Frage stellt.

Während des gesamten Romans zeigt Anne großes Mitgefühl für ihre Cousine Ida, obwohl sie sie ihr ganzes Leben lang gehasst hat. Auch sie will die junge Frau in den Untergang treiben. Anne wird als Hexe verbrannt, der Ketzerei beschuldigt und von Ida, die immer eifersüchtig auf ihre Schönheit und ihren Erfolg war, der Vergiftung angeklagt.

HANNA

Die Hanna gewidmeten Kapitel sind brieflich: Es sind Briefe, die sie über mehrere Jahre hinweg an ihre Freundin Gretchen gerichtet hat. Hanna hat gerade Franz von Waldberg geheiratet, einen Mann aus dem Wiener Adel, der ihr ein glanzvolles Leben bietet. Doch Hanna hat ihn nicht aus Liebe geheiratet, sondern weil sie das Leben als Junggesellin satt hatte. Das Leben als verheiratete Frau mag sie auch nicht, und nur ihre Glassammlung bringt ihr ein wenig Glück („Außer meiner Sammlung zieht mich nichts an am kommenden Tag", S. 96). Sie hat keinen Wunsch, Kinder zu gebären und Mutter zu werden, aber der Stress, den sie durch den ständigen Druck ihrer Umgebung, schwanger zu werden, empfindet, führt zu einer Scheinschwangerschaft.

Wie Anne entspricht auch Hanna nicht den Erwartungen einer Frau ihrer Zeit: Sie interessiert sich nicht für Ehe, Kinder und Hausarbeit. Obwohl sie alt genug ist, um als

Dame angesehen zu werden, fühlt sie sich verkleidet, wenn sie Frauenkleidung anzieht. sie bleibt ein „einfaches Mädchen, das sich im Land der Frauen verirrt hat und gezwungen ist, die Erwachsenenrolle zu spielen" (S. 29). So lebt Hanna mit einer Lüge und gibt jeden Tag vor, eine Figur zu sein, die nicht zu ihr passt und in der sie sich nicht wiedererkennt. Zum Beispiel stimmt sie sexuellen Beziehungen mit ihrem Ehemann nur zu, weil sie glaubt, dass es ihre Pflicht ist, ohne sich zu ihm hingezogen zu fühlen.

Die junge Frau weiß, dass sie alles hat, um glücklich zu sein. Das Glück, das sie so verzweifelt sucht, findet sie dennoch nicht: „Jeden Tag erinnere ich mich daran, dass ich geachtet, geliebt, begehrt, in einem Palast untergebracht, in die beste Gesellschaft Wiens eingeführt bin, jede Stunde muss ich es mir eingestehen dass ich mich einer ausgezeichneten Gesundheit erfreue, dass ich mich über meinen Hunger hinaus esse […]" (S. 95)….] „ (S. 95) Um zu verhindern, dass sich die Leute für sie interessieren und ihre tiefe Verwirrung entdecken, sie interessiert sich lieber für sich selbst und sammelt ihre Vertraulichkeiten.

Als sie die Psychoanalyse entdeckt, ändert sich ihr Leben: Endlich bricht sie aus gesellschaftlichen Konventionen aus. Sie verlässt ihren Mann, um das Leben einer unabhängigen Frau zu führen, von dem sie immer geträumt hat (in der Schweiz und später in Belgien). Die Psychoanalyse ermöglichte es ihr auch, sich von ihrer Glaswarensammlung zu lösen, die zu einer ungesunden Obsession geworden war.

ANNY

Die schöne und exzentrische 20-jährige Hollywood-Schauspielerin der 2000er Jahre, geboren als Tochter unbekannter Eltern, führt ein ausschweifendes Leben voller Drogen, Alkohol und Antidepressiva, das ihre selbstzerstörerischen Tendenzen anheizt. Wie Ethan treffend feststellt, flieht sie „aus ihrem Innenleben" (S. 77), weigert sich zu denken und gerät in Panik, sobald sie an die Zukunft denkt.

Anny sammelt so viele männliche Eroberungen, dass sie an Männern vorbeigeht und sich fragt, ob sie mit ihnen geschlafen hat, aber sie ist sich bewusst, dass sie das nicht befriedigt. Sie ist frech und zögert nicht, einen Polizisten zu bezaubern, um einer Geldstrafe zu entgehen. Ihre Possen kompensieren ihre Einsamkeit („Hat sie überhaupt einen Freund?", S. 105). Wie Tabata, eine alte Schauspielerin, feststellt, ist Anny „nicht glücklich, weil [sie] ihre Tür für große Gefühle öffnet" (S. 222): „Wenn du lachst, lachst du: du kicherst nicht.... Wenn du weine, du weinst: du jammerst nicht... Alles an dir ist groß, nichts ist klein, nichts ist klein". (*ebd.*) Ihre Sensibilität drückt sich auch in ihrem schauspielerischen Talent aus, das sie schnell an die Spitze der Bühne katapultierte.

Ein junger Pfleger, Ethan, will sie von den Drogen abbringen. Sie verliebt sich in ihn, obwohl er auch Drogen nimmt. Doch schließlich gibt sie ihr hektisches Leben auf, lebt im Exil am Meer und findet schließlich eine Rolle im Kino, die zu ihr passt: Anne von Brügge.

Als Schauspielerin ist sie auch gezwungen, ständig eine Rolle zu spielen, macht manchmal Werbe-Fotoshootings und geht widerwillig eine Affäre mit David, einem gutaussehenden Schauspieler, ein, nur weil es ihrem Image gut tun würde.

ANNES UMFELD

Der Mönch Braindor

Der große und furchteinflößende Geistliche hilft Anne bei ihrer ersten Flucht in den Wald und beschützt und berät sie fortan. Der Mönch Braindor, der schon früh das mystische Temperament des Mädchens erkannte und von ihrer Persönlichkeit fasziniert war, versuchte mehrmals, sie mit theologischen Argumenten zum Ordenseintritt zu bewegen. Sein Wunsch wird endlich erfüllt, als Anne den Beginenhof betritt.

Ida

Ida ist Annes Cousine und ihre Windelschwester. Zutiefst eifersüchtig auf die Ehe, die Schönheit und die Aufmerksamkeit ihrer Cousine, die ihr von anderen entgegengebracht wird, verstärkt sie ihre Provokationen und Beleidigungen ihr gegenüber. Sie geht sogar so weit, das Haus der Familie in Brand zu setzen und in Flammen eingeschlossen zu werden. Sie wird von Anne gerettet, die sie während ihrer Genesung bewacht und sie für ihre Zuneigung zum Vorgesetzten des Beginenhofs verantwortlich macht. Dann vergiftet sie den Arzt und

die Oberin und macht Anne für diese Verbrechen verantwortlich. Im Gegenzug beschuldigt sie Anne der Hexerei
und beschleunigt ihren Tod.

HANNAS UMFELD

Tante Vivi

Sie gilt als „die Wilde des Clans" (S. 60), die Liebhaber
sammelt, und ist die Tante von Hannas Ehemann. Ihre
Intimität lässt die beiden Frauen allmählich Freundinnen
werden: Tante Vivi gibt der unerfahrenen jungen Frau
Ratschläge zu Körperpflege und Umgangsformen und
interessiert sich auch für ihr Intimleben. Sie entdeckt
Hannas tiefgreifendes Ungleichgewicht und rät ihr, sich
einer Psychoanalyse zu unterziehen. Sie ist es auch, die
durch die Kunst des Pendelns herausfindet (und
schweigt), dass die junge Frau nicht schwanger ist.
Hanna bewundert sie sehr für ihre extreme Weiblichkeit
und ihre avantgardistischen Positionen.

Französisch

Franz ist Hannas Ehemann, der eine Leidenschaft für
Hüte hat. Er ist freundlich und liebevoll, glücklich in seiner Ehe und möchte nur Kinder, um sein Glück zu ver-
vollständigen. Er verehrt Hanna („Ich bin außerordentlich
glücklich, von der bezaubernden Hanna ausgewählt
worden zu sein", S. 98), ist sich ihrer Notlage jedoch
nicht bewusst und ahnt nicht, dass sie sie bald mit
ihrer Sulphur-Sammlung ruinieren wird. Von Hannas

nervöser Schwangerschaft erfährt er erst nach ihrem Tod durch Gretchens Hand.

ANNYS UMFELD

Tabata Kerr, alias Sac Vuitton

„Vuitton Bag" ist der Spitzname, den eine alte pompöse Hollywood-Schauspielerin wegen ihres von Schönheitsoperationen vernarbten Gesichts erhielt. Jetzt hässlich und fettleibig nutzt sie Annys Ruhm aus, den sie verehrt, und erlaubt ihr, in People's-Magazinen zu erscheinen. Aber sie überzeugt die junge Schauspielerin auch von ihrem Talent und rät ihr, wieder auf den richtigen Weg zu kommen.

Ethan

Eine junge drogenabhängige Krankenschwester kümmert sich um Anny, nachdem sie in einen Nachtclub gefallen ist. Er ist aufmerksam und hilft ihr, sich besser zu fühlen, indem er ihr Morphium gibt. Als Anny aus dem Krankenhaus entlassen wird, trifft sie sich abends heimlich mit ihm, um ihre Dosis zu bekommen. Ethan ist in die junge Frau verliebt, braucht aber Zeit, bevor er es zugibt. Er bringt Anny dazu, die Gründe für ihre sexuellen Eskapaden in Frage zu stellen.

SCHLÜSSEL ZUM LESEN

EIN BESTIMMTES ERZÄHLMUSTER

Die Frau im Spiegel erzählt die Geschichte von drei Frauen, die an verschiedenen Orten und zu verschiedenen Zeiten lebten: Die erste, Anne, lebt im Renaissance-Brügge; die zweite, Hanna, in Wien zu Beginn des 20. Jahrhunderts; und die dritte, Anny, ein Jahrhundert später in Kalifornien. Wo der Leser einen Text erwartet hätte, der in drei aufeinanderfolgende Blöcke unterteilt ist, die jeweils einer der drei Figuren gewidmet sind, hat sich die Autorin für Abwechslung entschieden: Der Roman beginnt mit der Einführung von Anne, dann ist das zweite Kapitel Hanna gewidmet, und die Das dritte Kapitel ist Anny gewidmet. Der Rest des Textes folgt dem gleichen Erzählprinzip und erwähnt die drei Frauen immer ähnlich.

Der Roman ist daher in einer strengen Dreiteilung organisiert, wobei jede Frau Anspruch auf eine gleiche Anzahl von Seiten in jedem Kapitel und eine gleiche Anzahl von Kapiteln im Buch hat. Der ständige Wechsel von einer Frau zur anderen – durch einen permanenten Balanceakt zwischen Brügge, Wien und Kalifornien einerseits und der Renaissance, dem 20

Also betreten die drei Frauen wie auf einer Theaterbühne die Bühne, wo sie abwechselnd ihre Rollen spielen, nur umringt von wenigen anderen Schauspielern.

Historischer Kontext und Orte werden nur dann erwähnt, wenn es hilfreich ist, ihre Entwicklung aufzuzeigen.

Außer der Umgebung, in der sich Anne, Hanna und Anny aufhalten, gibt es in *Die Frau im Spiegel* kaum Beschreibungen: den Wald und den Beginenhof in Brügge, die Vergnügungsstätten der Wiener Aristokratie, die trendigen Nachtclubs und die Filmkulissen in Hollywood. Das Aussehen der Frauen muss detaillierter beschrieben werden, da der Autor ihre psychologischen Reaktionen auf die Ereignisse priorisiert. Dieser Aspekt ist in Hannas Geschichte stark, da der Leser durch ihre Perspektive, die sie in ihrer Korrespondenz mit ihrer Freundin Gretchen zum Ausdruck bringt (deren Antworten wir nicht kennen), die Fakten ihrer Existenz und ihre Auswirkungen auf die Psyche der jungen Frau erfährt.

Immerhin wird gleich zu Beginn des Romans deutlich, dass die Autorin eine Parallele zwischen den Schicksalen dieser drei Frauen ziehen will - allein schon durch die Ähnlichkeit ihrer Vornamen - zwischen denen der Leser schnell Ähnlichkeiten wahrnimmt. Diese Absicht kommt in den letzten drei Kapiteln, auf die der gesamte Text zuläuft, ausdrücklich zum Ausdruck: Anny trifft einen Regisseur, der die Geschichte der Anna von Brügge verfilmen will, die ihr von ihrer Großmutter Gretchen, Hannas Brieffreundin, hinterlassen wurde; Schließlich fühlt sich die Schauspielerin, die für die Dreharbeiten nach Brügge reist, auf mysteriöse Weise von dem Baum angezogen, unter dem Anne vier Jahrhunderte zuvor verweilte und unter dem Hanna blieb, damals bei einem Touristenbesuch im Beginenhof.

Der Kreis schließt sich und die drei Leitsätze des Romans verschmelzen zu einem.

EIN FRAUENPORTRÄT MIT DREI FACETTEN

Die drei Heldinnen zeichnen gemeinsam ein Frauenportrait mit drei Facetten. Ihr Auftreten in drei verschiedenen Epochen könnte an die Seelenwanderung erinnern, eine Theorie, bei der ein und dieselbe Seele nacheinander mehrere menschliche, tierische oder sogar pflanzliche Körper beleben kann. Es ist, als ob die drei Frauen eins wären und ihr Schicksal durch aufeinanderfolgende Reinkarnationen im Abstand von Jahrhunderten wiederholen – umso mehr, als der Titel des Romans auf eine einzelne Frau anspielt.

 ## DIE METEMPSYCHOSE

Metempsychose kommt vom altgriechischen Wort *metempsúkhôsis* für „Seelenwanderung". Es beschreibt den alten Glauben, dass dieselbe Seele nacheinander in mehreren menschlichen, tierischen oder pflanzlichen Körpern wohnen kann. Sie geht von einer Dualität zwischen Seele und materiellem Körper aus und führt zu der Idee der Reinkarnation, die noch heute in einigen Religionen präsent ist.

Viele Griechen erforschten diese Idee, darunter Platon (griechischer Philosoph, ca. 427 v. Chr. – ca. 348 v. Chr.), Für den die Vernunft oder Aggressivität des Menschen darüber entscheidet, ob er ein Herdentier oder ein wiedergeborenes Beutetier sein soll, und Pythagoras (griechischer Mathematiker). und Philosoph, ca. 570 v. Chr.) unter Bezugnahme auf einen Freund, den er als Freund geschlagen hat. BC), der behauptete, einen geschlagenen Hund als einen seiner ehemaligen Freunde erkannt zu haben, weil er sich in das Tier einfühlen konnte.

In jüngerer Zeit taucht der Begriff auch in James Joyces (irischer Schriftsteller, 1882-1941) *Ulysses* (1922) auf, wo er die Gelehrsamkeit des Helden demonstriert, ohne weiter definiert zu werden; Marcel Proust (französischer Schriftsteller, 1871-1922) verwendet es auf der ersten Seite von Auf der Suche nach der verlorenen Zeit (1913-1927), während Jorge Luis Borges (argentinischer Schriftsteller, 1899-1986) es für das Thema seiner Kurzgeschichte The verwendet Herangehen an Almotasim (1944) macht.

Auch wenn man dieser vom Autor nie explizit erwähnten These nicht unbedingt zustimmen muss, kann man doch die engen Verbindungen zwischen den drei Charakteren vertiefen. „Wie sehr wir uns im Laufe der Jahrhunderte ähneln" (S. 424), sagt Hanna selbst, als sie beschließt, ein Buch über Anne zu schreiben, die sie als „ihre Schwester im Labyrinth" bezeichnet (S. 425). Die Ähnlichkeiten zwischen den drei Frauen werden im Verlauf des Buches immer zahlreicher.

Eine unruhige Kindheit

Die drei Frauen im Roman teilen alle eine schmerzhafte Familiengeschichte, real oder eingebildet:

- Anne, die nie einen Vater hatte und deren Mutter bei der Geburt starb, wurde von ihrem Onkel und ihrer Tante aufgenommen. Fortan befürchtet sie, „dass sie ihre Existenz einem Opfer verdankt" (S. 117);

- Hanna entschied sich, Königin zu werden, nachdem sie als Kind ein Buch über Marie Antoinette (Königin von Frankreich, 1755-1973) gelesen hatte. Sie beschuldigte dann ihre Eltern, „kein blaues Blut zu haben" (S. 443), erklärte, dass sie wahrscheinlich nicht ihre echte Tochter sei, und erfand eine angesehenere Genealogie. Diese Fabel führte bei der jungen Frau zu zahlreichen Unruhen;

- Anny hat ihre leiblichen Eltern nie kennengelernt und wuchs bei einem Paar auf, mit dem sie eine gute Beziehung aufbauen wollte, um eigene Probleme zu vermeiden. Sie verließ sie jedoch mit 16, um ihre Schauspielkarriere fortzusetzen.

Eine Welt voller Frauen

Das Umfeld der drei Frauen ist überwiegend weiblich, egal ob es einen positiven oder negativen Einfluss auf die Heldinnen hat:

- Anne lebt zunächst bei ihrer Tante und ihren Cousinen (einschließlich Ida, die sie hasst) und tritt dann einer religiösen Frauengemeinschaft bei;

- Hanna steht unter dem Druck der vielen Tanten und Cousinen ihres Mannes und schüttet ihr Herz in ihren Briefen an ihre Freundin Gretchen aus;

* Anny erhält Ratschläge von der wiederkehrenden Schauspielerin Sac Vuitton und professionelle Anleitung von ihrer Künstleragentin Johanna.

Die männlichen Charaktere des Romans wirken im Vergleich zu ihren weiblichen Pendants übrigens etwas farblos und spielen eher Nebenrollen:

* Annes junger Verlobter wird schnell verdrängt und widersetzt sich dann den Argumenten des Mönchs Braindor während der gesamten Erzählung;

* Hannas Mann ist fürsorglich, aber ohne wirkliche Tiefe;

* Die unzähligen Männer, die Anny umkreisen, erscheinen als letzter Ausweg. Die Schauspielerin glaubt, dass sie sich in den gutaussehenden David verliebt, und fühlt sich dann von Ethan angezogen, der damit kämpft, von den Drogen loszukommen.

Die Behauptung eines Unterschieds

„Ich fühle mich anders, flüsterte sie." (S. 9) Der Roman beginnt mit diesem Satz von Anne, die auf ihre Hochzeit mit Philip vorbereitet wird. Auch Hanna, die überglücklich sein sollte, den gutaussehenden und wohlhabenden Franz von Waldberg zu heiraten, gibt zu, dass sie dies „als würde sie ein Heilmittel testen" (S. 28). Anny ihrerseits fühlt sich wie eine Fremde und ist sich bewusst, dass sie nicht das Leben führt, das sie verdient.

Alle drei Frauen erleben schmerzhafte Gefühle des Andersseins, vor allem in Bezug auf das, was andere von ihnen erwarten: Ehe, Mutterschaft und Familienleben. „Ich weiß nicht, wie ich die Frau sein soll, die unsere Zeit verlangt. Ich habe Probleme, mich mit Geschlechterfragen zu beschäftigen" (S. 29), sagt Hanna. Anne sehnt sich nach einem außergewöhnlichen Schicksal und freut sich, als sie unter den Beginen entdeckt, dass „es andere Ziele gibt, als zu fegen, die Herrschaft des Mannes zu erleiden, Kinder zu legen und sie abzuwischen" (S. 293). Schließlich schwankt Anny zwischen dem Wunsch, dem Modell einer wohlhabenden, verehrten Schauspielerin zu entsprechen, das ihr das Hollywood-Milieu aufzwingt, und dem Festhalten an ihrer tiefen, einsamen und emotionalen Natur.

Die drei Frauen brauchen lange, um einen Ausweg aus dem Schicksal zu finden, das die Gesellschaft für sie bereithält:

- Mystik und Poesie für Anne;

- Psychoanalyse und Schreiben für Hanna;

- Die Entgiftung und eine Art Rückkehr zur Natur für Anny.

Sie entwickeln auch Lösungen, nachdem alle drei verschiedenen Süchten zum Opfer gefallen sind: Annes Unmöglichkeit, irgendwo anders als in der Natur zu leben, Hannas manisches Sulfidsammeln und Annys Drogenabhängigkeit.

Ist „Die Frau im Spiegel" also ein feministischer Roman? In jedem Fall ist es eine Hommage an die Frauen, die sich zu unterschiedlichen Zeiten von den ihnen auferlegten Zwängen befreit haben, indem sie sich ihrer inneren Natur bewusst wurden, die seit jeher mit einer unbändigen Naturverbundenheit verbunden ist - auch wenn selbst dies offenbarte sich Anny erst spät. Im Verlauf des Romans bekräftigen die Heldinnen ihre Unterschiede und ihr Missverständnis der Welt um sie herum.

DAS SPIEGELPROBLEM

Das Thema Spiegel wird in der Literatur ausgiebig verwendet. Der Spiegel spielt in vielen Geschichten eine wichtige Rolle, z. B. in den *Metamorphosen* (1 oder 2 n. Chr.) von Ovid (lateinischer Dichter, 43 v. Chr.-17 oder 18 n. Chr.), in denen die Wasseroberfläche das Bild von Narziss spiegelt .). Der Spiegel, in dem die Prinzessin von Clèves (Roman von Mme de La Fayette [französische Schriftstellerin, 1634-1693], geschrieben 1678) bemerkt, dass der Duc de Nemours ihr Porträt stiehlt. Der Spiegel, in dem Schneewittchens Stiefmutter (1812) im Märchen der Brüder Jakob und Wilhelm Grimm (deutsche Schriftsteller und Philologen, 1785–1863 und 1786–1859) oder die Spiegelung im Bildnis des Dorian Gray (1891) von Oscar Wilde (irischer Schriftsteller, 1854-1900) usw.

Eric-Emmanuel Schmitts Roman, der drei Frauenschicksale in den Mittelpunkt stellt, verbindet im Titel die Frau mit dem Spiegel. Dennoch geht der Spiegel über seine Funktion als Objekt hinaus, das insbesondere Frauen ein mehr oder weniger schmeichelhaftes Bild von sich zeigt – er erfüllt diese. Es spielt aber auch im Roman eine Rolle, wenn er Annes Cousine Ida zeigt, die schwerste Verbrennungen erlitten hat, und das Bild ihres verwüsteten Gesichts sie in den Selbstmord treibt. Der Spiegel im Roman hat hauptsächlich eine symbolische Funktion. Er taucht bereits in den ersten drei Kapiteln auf, die jeder der Heldinnen gewidmet sind:

- Ein kostbares und seltenes Objekt in der Renaissance, das dem Adel vorbehalten war. Es wird Anne für ihre Hochzeitsvorbereitungen ausgeliehen. Das Objekt weckt die Bewunderung von Frauen, die keine besitzen. Darin sieht Anne zum ersten Mal ihr Bild, das zwar charmant ist, aber nicht zu ihr zu passen scheint („Sie sah einen Fremden an [...], sie sah nicht aus wie sie", S. 12) . Diese Episode spiegelt die erste Zeile des Romans wider, in der das Mädchen ihre Andersartigkeit bekräftigt. Außerdem zerbricht der kostbare Spiegel am Ende des Kapitels und markiert Annes Bruch mit ihrem Schicksal und die bevorstehende Annullierung ihrer Ehe. Dieser Vorfall dient Anne als Auslöser, sich „vom Unglück zu lösen"(S. 46);

- Hanna fügt ihrem ersten Brief an Gretchen ein Porträt von ihr an der Seite von Franz bei. Sie beschreibt sich selbst als „eine Kurtisane mit verlegenem Lächeln" (S. 26), die sich unter den extravaganten Hüten, mit denen ihr Mann sie gerne aufputzt, nicht wiedererkennt. Auch die Korrespondenz mit ihrer Freundin wirkt wie ein Spiegelbild ihres Abbildes. Ihre Existenz wird gewissermaßen verdoppelt durch die Darstellung, die sie in ihren Briefen gibt. Um ihre existenzielle Langeweile zu überbrücken, hegt die junge Frau auch eine Leidenschaft für Glas und schwefelhaltige Waren, deren Spiegelungen und Lichtspiele sie unermüdlich beobachtet. Sie glaubt, dass sie eine Geburt auf magische Weise herbeiführen kann, wenn sie eine dieser Gläser zerbricht. Als ob das Glasobjekt die Illusion einer Schwangerschaft zerstört hätte, wurde die Geburt sofort eingeleitet und die scheinbare Schwangerschaft der jungen Frau enthüllt. Jahre später, nachdem die Psychoanalyse Früchte getragen hat, wirft sie ihre gesamte teure Sammlung in die Donau, um sich des falschen Scheins zu entledigen;

- Anny hat die Angewohnheit, sich in den Discokugeln der Nachtclubs, die sie besucht, zu betrachten. „Wer ist diese Hure?" (S. 32), fragt sie sich im ersten Kapitel. Im nächsten Moment erkennt sie, dass sie es ist, aber sie ist völlig betrunken, amüsiert darüber, so wie sie während der gesamten Geschichte ihr Unbehagen vor sich selbst verbirgt, indem sie sich mit verschiedenen Drogen betäubt. Das Thema des Spiegels taucht später in der Geschichte der jungen Schauspielerin wieder auf, die ständig in einer Welt der Bilder lebt (ständige Fotos von Paparazzi, in Einwegspiegeln versteckte Kameras, die ihr ohne ihr Wissen folgen usw.).

In all seinen Formen ist der Spiegel im Roman allgegenwärtig. Sie wirft den Heldinnen immer wieder falsche oder verkürzte Selbstbilder entgegen, Symbole für das

Leben, das sie führen, das nicht zu ihnen passt, Fotos von Frauen, wie andere sie gerne sehen würden. Anne ist in die Betrachtung der Natur vertieft, Hanna gesteht ihre schändlichsten Gedanken und Anny nimmt ihre Maske ab, die sie vor der Presse aufsetzt.

 # DER SPIEGEL IN DER KUNST

Der Spiegel ist nicht nur ein literarisches Motiv. Seit der Renaissance spielt der Spiegel auch in der Malerei eine wichtige Rolle, da er es Künstlern ermöglicht, Porträts aus neuen Blickwinkeln zu zeigen: Denken Sie zum Beispiel an Die Hochzeit Arnolfini (1434) von Jan Van Eyck (belgischer Maler, 1390-1441).), wo der Spiegel den Maler enthüllt, der an dem Porträt des Paares arbeitet, während er traditionell nie in seinen Gemälden erscheint; zu Venus im Spiegel (1650) von Diego Velázquez (spanischer Maler, 1599-1660), in dem sich die nackte Venus in einem Spiegel betrachtet, der von ihrem Sohn Amor gehalten wird; oder Die Frau im Spiegel (ca. 1515) von Tizian (italienischer Maler, 1488-1576), in der zwei Spiegel die weibliche Figur umgeben (einer hinter ihr und einer vor ihr, damit sie ihre Frisur von hinten sehen kann).

Im Kino wird der Spiegel oft verwendet, um ein Stereotyp zu vermitteln: In *Die Frau im Spiegel* bezeugt die Frau, die in den Spiegel schaut, häufig ihre Verletzlichkeit; die Person, die sie im Spiegel betrachtet, ist nicht unbedingt die Person, die sie dem Rest der Welt präsentiert, wie es bei Natalie Portman (israelisch-amerikanische Schauspielerin, geboren 1981) im Film *Black Swan* (2010) der Fall ist.

Bei Cocteau (französischer Dichter, Dramatiker und Filmemacher, 1889-1963) dient der Spiegel dazu, eine unsichtbare Realität zu enthüllen und zeigt die Dualität zwischen Realität und Schein: In Die Schöne und das Biest (1946) beispielsweise sehen Belles Schwestern eine ältere Frau und ein Affe, wenn sie in einen Spiegel schauen. Orson Welles (amerikanischer Filmemacher und Schauspieler, 1915-1985) verwendet das Spiegelthema in *The Lady of Shanghai* (1948), wo sich ein Ehepaar in einem Labyrinth aus zerbrochenen Spiegeln duelliert, aus dem nur der Erzähler (gespielt von Welles) unversehrt herauskommt: Diese Szene wurde berühmt, und viele Filme haben versucht, sich darauf zu beziehen, wie *The Third Man* (1949) oder *Inception* (2010).

DREI ORTE, DREI EPOCHEN UND DIESELBE ZWANGSJACKE

In seinem Roman hat Éric-Emmanuel Schmitt seine Heldinnen in drei sehr unterschiedliche Raum-Zeit-Rahmen gesetzt. Diese wurden natürlich nicht zufällig ausgewählt und sind mit den jeweiligen Schicksalen der drei jungen Frauen verknüpft:

* Brügge und die Renaissance. Die Stadt Brügge ist für Anne ein „Schock" (S. 14). Nachdem sie zuvor auf dem Land gelebt hat, entdeckt sie die Stadt, eine Welt, die sich vom Üblichen unterscheidet. Darüber hinaus

handelt der Film auch von ihrem Übergang von der Kindheit, einem unschuldigen Zustand, zum Status eines Teenagers mit den damit verbundenen Problemen. B. Ehe. An diesem katholischen Ort und in dieser katholischen Zeit erwartet jeder, dass Anne heiratet und Kinder bekommt;

- Wien zu Beginn des 20. Jahrhunderts. Jahrhundert. Die Stadt Wien wird im Roman nur wenig beschrieben; Sie wird hauptsächlich wegen ihrer Verbindung zu Sigmund Freud und der Geburt der Psychoanalyse ausgewählt. Diese geografische Nähe ermöglicht es Hanna, dank Dr. Calgari zu den Ersten zu gehören, die von diesem neuen Ansatz profitieren. Auch ihre Beziehung zu Wien ist untrennbar mit den Wirren ihrer Ehe verbunden. Nach ihrer Reise blieb sie dort für die Dauer ihrer Ehe mit Franz, floh jedoch nach deren Ende in die Schweiz und ließ sowohl ihren Mann als auch ihren Wohnort zurück;

- Kalifornien in der Neuzeit. An einem der Aushängeschilder des Hollywood-Jetsets lebend, ist Anny von zahlreichen oberflächlichen Verlockungen (Beziehungen zu Fremden, Alkohol im Überfluss, Drogen etc.) umgeben. Infolgedessen lebt die junge Schauspielerin in ständigem Unwohlsein. Als sie nach Europa kommt, um den Film über Anne von Brügge zu drehen, findet sie eine einfachere Welt, weg von den Paparazzi. In dieser neuen Umgebung erlebte sie eine neue Form der Gelassenheit, die ihr bis dahin fremd gewesen war.

Trotz ihrer auffälligen Unterschiede haben diese drei Epochen und Orte Ähnlichkeiten, die die Schicksale der drei Heldinnen vereinen:

- die Allgegenwart des Blicks anderer. Obwohl die Nebenfiguren sehr wenig detailliert beschrieben werden, spielen sie eine entscheidende Rolle, da ihr Auge die Handlungen der drei Frauen beeinflusst. Anne flieht aus ihrer Ehe, weil sie den Druck der Familie, die sie zur Heirat zwingt, nicht ertragen kann. Später tritt sie dem Nonnenorden bei, beeinflusst von Braindors Meinung zu ihrem Glauben. Der Druck, den Hannas Familienkreis auf sie ausübt, ihrem Mann einen Erben zu schenken, ist so groß, dass eine nervöse Schwangerschaft folgt. Was Anny betrifft, so agiert sie ständig vor Kameras und Standbildern, getrieben von ihrem Agenten, der so viel Geld wie möglich aus ihr herausholen will;

- Die sozialen Konventionen des Paares werden zu stark. Jede Epoche hat soziale Muster, denen die Heldinnen nicht folgen wollen. Infolgedessen fühlen sie sich immens anders als ihre Umgebung. Anne lehnt die Ehe mit einer guten Partie und das Leben als Ehefrau und Mutter ab. Hanna ist Ehefrau, findet aber in dieser Situation kein Glück und interessiert sich nicht für die Mutterschaft. Anny führt ein Leben voller Ausschweifungen und ertränkt ihr Unglück in Drogen, Alkohol und Sex, ohne jemals eine traditionelle Ehe eingehen zu wollen.

Die drei Frauen, denen wir zu Beginn des Romans begegnen, sind trotz der unterschiedlichen Orte und

Zeiten, in denen sie leben, in ein ähnliches Korsett eingezwängt: Sie alle leiden unter ihrer Andersartigkeit, ihrer Nichtkonformität mit den geltenden Normen, mit der Folge dass sie sich sehr einsam fühlen. *Die Frau im Spiegel* zeichnet ihren Weg nach, aus dem auszubrechen, was sie unterdrückt, und schließlich Glück und Erfüllung zu finden.

STOFF ZUM NACHDENKEN

EINIGE FRAGEN, UM IHRE ÜBERLEGUNGEN ZU VERTIEFEN.

- Wie verstehen Sie den Titel der Arbeit? Interpretieren.

- Erklären Sie die Erzählstruktur des Romans. Wie ist es originell?

- Welche Unterschiede bemerken Sie in Hannas Schreiben zwischen dem Moment, in dem sie in ihrer imaginären Welt lebt, und dem Moment, in dem ihre Psychoanalyse sie befreit?

- Welche Beziehung besteht zwischen Braindor, Tante Vivi und Sac Vuitton?

- Was haben die drei weiblichen Figuren in der Geschichte gemeinsam, obwohl sie zu unterschiedlichen Zeiten und an unterschiedlichen Orten leben?

- Lässt sich Die Frau im Spiegel dem Genre des psychologischen Romans zuordnen? Erklär das.

- Welches Bild vermittelt der Autor von den männlichen Figuren in diesem Roman (Braindor, Franz, Ethan etc.)? Wie erklärst du es

- Kann „Die Frau im Spiegel" ein feministischer Roman sein? Erklären.

- Welchen Stellenwert hat die Natur im Roman?

- Wie werden die Schicksale der drei Heldinnen in den letzten Kapiteln explizit miteinander verknüpft?

ZUSÄTZLICHE INFORMATION

REFERENZAUSGABE

SCHMITT É.-E., *La Femme au miroir* (Die Frau im Spiegel), Paris, Albin Michel, 2011.

Deine Meinung ist uns wichtig!
Hinterlasse doch einen Kommentar auf der Seite
unserer Online-Buchhandlung
nd teile Deine Favoriten in den sozialen Netzwerken!

derQuerleser.de

Literatur auf den Punkt gebracht!

Die präsentierten Inhalte werden vom Herausgeber überprüft, dennoch übernimmt dieser keine Haftung für die inhaltliche Richtigkeit, Vollständigkeit und Aktualität der vorgestellten Inhalte.

© DerQuerleser.de, 2023. Alle Rechte vorbehalten.

www.derQuerleser.de

ISBN digitale Ausgabe: 9782808687041
ISBN gedruckte Ausgabe: 9782808698443
Pflichtexemplar: D/2023/12603/1124

Cover: © Plurilingua
Logo: © Graphicrepublic (Freepik.com) und Plurilingua

Digitale Aufbereitung: Primento, der digitale Partner der Herausgeber.